HÉSIODE ÉDITIONS

PAUL BOURGET

Pauvre petite !

Hésiode éditions

© Hésiode éditions.

1 rue Honoré - 93500 Pantin.
ISBN 978-2-38512-026-9
Dépôt légal : Octobre 2022

Impression Books on Demand GmbH

In de Tarpen 42
22848 Norderstedt, Allemagne

Pauvre petite !

I

Depuis quand nous connaissions-nous Louise et moi ? Je n'en sais plus rien, nous nous étions souvent rencontrées, toutes petites, toutes les deux en grand deuil, elle, de son père, moi, de ma mère. Nos gouvernantes étaient en relations, nous avions fini par nous parler, nous nous étions plu, puis aimées, et cette amitié-là, nous ne l'avons jamais trahie.

Mon père, plongé dans la douleur que lui avait causée la mort de ma mère, avait renoncé à toute espèce de luxe, et s'occupait peu de moi ; il sortait toujours seul et ne me parlait presque jamais. Toutefois il ne négligeait rien pour mon bien-être et désirait que mon éducation fût soignée.

La mère de Louise, au contraire, vite consolée, ne vivant que pour sa fille, travaillait à grand'peine à rétablir une fortune très compromise à la mort de son mari.

Nos vies se ressemblaient donc, en somme, quoique par des raisons très différentes.

Nous avons ainsi passé notre première enfance, nous cherchant toujours et toujours heureuses de nous retrouver. Que de douces heures se sont écoulées à nous confier l'une à l'autre nos importantes affaires… ces mille riens qui tiennent une si grande place dans les existences de dix à douze ans,… que sais-je, une promenade projetée et manquée, une leçon plus ou moins bien apprise ! À cet âge, on ignore encore quel chapeau sied le mieux, ou quelle robe avantage la tournure ; j'avoue pourtant à ma honte que Louise a commencé à s'en douter avant moi ; elle me trouvait jolie, sans doute par bienveillance ; quant à elle, elle devenait tout simplement très belle ; aussi, vers la fin de sa dix-huitième année, elle fit un mariage inespéré, et, c'est le cas ou jamais de le dire : pour ses beaux yeux. Comme son mari était bien alors ! Il avait un caractère des plus aimables, une intelligence au-dessus de la moyenne, et, avec cela, une fortune colossale.

Malheureusement, il était d'une activité presque fébrile que ne pouvait supporter la nature indolente et poétique de Louise.

Elle avait cru l'aimer, comme cela arrive tant de fois, hélas ! On se berce d'une espérance, croyant tenir une réalité !

Comment est-il possible, en effet, qu'une infortunée créature, ne connaissant du monde que le cercle restreint qui gravite autour d'elle, puisse se faire une opinion quelconque sur l'homme avec lequel elle devra partager son existence ?

Elle entre dans la vie de ménage, comme dans un appartement neuf, duquel elle ne connaît ni les inconvénients, ni les avantages ; elle ne peut voir la vie qu'à travers les illusions dont elle enveloppe son rêve, et le premier qu'on lui présente, c'est le mari qu'elle accueille, en ayant cru le choisir ! Si c'est un galant homme, elle a quelque chance de bonheur, sinon elle sera une victime de plus. Quant à l'attrait, à la sympathie, à l'amour… l'amour surtout qu'elle doit à peine connaître de nom, on s'en préoccupe peu ; elle ouvrira le livre de la vie, en commençant par la dernière page, et ainsi le voile, déchiré tout à coup, lui montrera brutalement l'existence et chassera ces rêves chéris qu'elle ne pourra plus jamais caresser !

Lorsque les premiers moments d'amour-propre flatté, de vanité assouvie furent passés pour Louise, un désenchantement absolu s'empara de tout son être, ce fut comme un malaise inexplicable, mais incessant.

Notre intimité, toujours croissante, fit qu'elle aima, dès le début, à se confier à moi, me faisant part de ses impressions les plus personnelles, me détaillant, avec une précision quelquefois gênante, toutes les circonstances qui consacrent à jamais l'union conjugale…

Moments précieux et décisifs de l'existence qui sont si souvent remplis d'angoisses, voire même de crainte... trop rarement hélas ! de charmes !

– Ma Jeanne chérie, me disait-elle, tu sais bien que mon sommeil avait toujours été abrité par l'ombre du rideau de ma mère, comme par l'aile d'un bon ange ; j'avais grandi bercée dans son sourire qui saluait chaque matin mon réveil... ce doux sourire maternel qui fait croire que la vie est bonne !...

Et voilà que, tout à coup, ma mère disparaît, me livrant à un homme avec lequel, la veille, on ne me laissait pas causer seule. Alors je me mis à trembler, me reprochant ce moment de vertige, où, triomphant de mes hésitations, j'avais laissé entendre ce mot fatal : « Oui ! je l'accepte pour époux ! »

Oh ! mères, que vous êtes coupables, vous qui cachez à vos filles jusqu'au soupçon de la réalité !

Te souvient-il de cette foule qui m'a semblé innombrable à la cérémonie religieuse ? Ces chants pieux, l'autel éblouissant, le parfum enivrant de l'encens et des fleurs !... que sais-je ? mes voiles, ma robe blanche...

Tout ce troublant ensemble se déroulait en ma mémoire... j'étais mariée... du moins pour le monde !

Mais quand ce rêve d'un jour s'envole et que la nuit descend... quelle chute !

J'étais seule dans ma chambre, et tout en repassant en moi-même cette journée, je ne m'apercevais pas que les heures continuaient à se succéder... quand j'entendis ma porte s'ouvrir, et mon mari parut...

– Louise, arrête-toi, m'écriai-je, je ne sais vraiment si je puis continuer à t'entendre.

– Je t'en supplie, dit-elle, en me forçant à me rasseoir et à l'écouter, il faut que je te raconte, il faut que tu saches, j'ai confiance en toi !... Tu n'es donc plus mon amie ?...

– Oh ! si, pauvre petite !

Elle continua :

– J'étais donc la propriété de cet homme, puisqu'il entrait ainsi chez moi, sans me demander si cela me convenait.

Être la chose de quelqu'un, c'est révoltant !

Je ne sais ce qu'il pensa, lui, mais il vint s'asseoir tout près de moi, si près que je respirais son haleine ; je voulais fuir, et me sentais clouée à ma place ! Il me fit un signe que je ne compris pas, puis il m'entraîna doucement avec lui et me souleva dans ses bras : là je ne sais plus bien ce qui se passa ; mais, sous ses baisers brûlants, je ne cherchais plus à me défendre, cédant à la violence de ses caresses, quand, tout à coup, je ressentis une impression inénarrable ; je jetai un cri, et perdis connaissance !... Est-ce que tu as perdu connaissance aussi, toi ?

– Louise, je t'ai promis de t'écouter, mais non de te faire des révélations aussi intimes !

Dans tout ce qu'elle me disait, je démêlais surtout une horreur, une répugnance que je ne pouvais comprendre, mariée moi-même depuis peu, heureuse et calme, dans une ivresse que rien ne semblait pouvoir troubler !...

. . . .

. . . .
. .
. . . . . .
. .

Pauvre petite ! comme je l'aimais alors ! Il me semblait dans ces entretiens pleins d'abandon qu'elle avait besoin de moi, et que ma patience à l'écouter était un soulagement pour elle !

II

Son union fut stérile ; dans les premiers temps, elle en eut un réel chagrin, surtout lorsqu'elle vit un berceau près de moi et qu'elle embrassa mon premier-né. Souvent elle le prenait dans ses bras et se cachait afin de dissimuler une larme !

Ma petite Louise, pourquoi ne pas avouer que c'est cela qui a manqué à toute ta vie ? Voilà ta seule excuse si on veut bien t'en laisser une. Tu as eu beau être admirée, tu as eu beau être artiste, rien, vois-tu, n'atteint, comme poésie, le premier sourire de son fils !

J'ai dit qu'elle était artiste. Oui, elle l'était réellement ; sa voix chaude et caressante remuait jusqu'aux plus intimes fibres du cœur ; et quoique son mari n'aimât pas beaucoup la musique, elle avait souvent des réunions, soit nombreuses, soit intimes, où elle se produisait avec un charme incomparable.

Parmi ses habitués, dont j'étais naturellement, il y avait un ménage d'une laideur remarquable qui l'admirait de confiance, trop heureux d'être admis dans un salon élégant.

Ils appartenaient à cette catégorie plate et dédaigneuse qui flatte ceux dont elle espère tirer avantage, et qui n'a qu'un sourire de pitié pour le reste !

Puis une femme brune, grande, au teint mat, qu'on aurait prise pour un marbre antique échappé à quelque musée, sans ses grands yeux noirs brillants qui vous pénétraient jusqu'à l'âme. Elle se nommait Mathilde, et familièrement nous l'appelions Matt. Oh ! celle-là, si j'avais pu lui fermer la porte de Louise, avec quelle joie je l'aurais fait ! Elle me semblait être son mauvais génie, et toutes les fois que j'entendais dire dans le monde quelque chose de malveillant sur Louise, je l'attribuais à Matt. Elle avait une façon de dire : « La pauvre petite », qui me donnait le frisson.

Je ne crois pas avoir dit encore, pourquoi on appelait Louise : pauvre petite ; ce surnom lui venait de son enfance ; elle était très délicate, née avant le temps, et avait passé ses premiers jours enveloppée dans de la ouate ; elle était, paraît-il, si chétive, qu'on ne pouvait s'empêcher, en la voyant, de s'écrier : Oh ! la pauvre petite ! Maintenant ce surnom était un peu ridicule, à cause de sa haute taille et de son élégante ampleur, mais l'habitude était prise.

Il y avait aussi, les soirs de musique, quelques amis de son mari. Les uns, peu nombreux, l'écoutaient religieusement, les autres fumaient à l'écart, ou causaient sans se préoccuper du bruit gênant qu'ils faisaient. Que de fois j'ai eu envie de les griffer !

Mais il faut signaler, entre tous, un être qui, pour moi, tenait du reptile et du tigre, avec l'œil perçant d'un fauve, la chevelure trop noire et trop abondante, une facilité de parole fastidieuse. Cet être qui répondait au nom de dom Pedro était Portugais ; onduleux et insinuant, il avait, je crois, fasciné Louise ; quand il était là, sa voix prenait un charme saisissant ; elle se jouait des vocalises les plus ardues et semblait une de ces fleurs n'ouvrant leur corolle embaumée qu'à la chaleur d'un soleil radieux, dont le Portugais semblait lui dispenser les rayons ! Lui, fier de se voir ainsi apprécié, tranchait de tout en maître, lui faisant même quelquefois des observations sévères, autant qu'absurdes, mais qu'elle acceptait en esclave ; son mari détestait dom Pedro, et pourtant je le trouvais là toujours !... Elle semblait même avoir un malin plaisir à lui parler comme en secret.

Cet hiver-là, j'avais beaucoup entendu jaser sur Louise, mais à quoi bon attacher une importance quelconque aux bruits mondains ?

Les conversations vont leur train, elles se croisent et s'entre-croisent si bien que, souvent, dans une même soirée, une même personne soutient, en partant, le contraire de ce qu'elle affirmait à son arrivée ; c'est ainsi que les uns disaient : « Avez-vous remarqué la baronne de X (c'était Louise) et dom Pedro ? Ils se gênent peu. – Mais non, répondaient les autres, dom Pedro ne vit plus que pour la belle Mme de B. (c'était Matt) ! » Quelquefois on se hasardait à me demander mon avis. Devant cette audace qui me révoltait, je répondais invariablement : « Louise est mon amie, je suis sûre d'elle comme de moi-même ! » Et ils s'en allaient, les uns souriant, les autres me croyant.

Un soir de bal, au printemps suivant, Mathilde m'entendit faire cette même réponse ; elle me reprit d'un ton moqueur :

– Oh ! oh ! fit-elle, vous croyez donc que dom Pedro a bien peu d'attaque, et Louise beaucoup de défense ?

– Que voulez-vous dire, Mathilde ?

– Silence, suivez-moi.

Nous étions chez un de ces richissimes banquiers avec lesquels toute l'Europe compte à présent. Un salon aux tentures bleu de ciel, qu'encadraient délicieusement des dorures d'une finesse admirable, conduisait à la salle de danse éblouissante de lumière.

C'était, à ce moment, un spectacle exquis ; les danses étaient fort gaies, il y avait beaucoup de jeunes gens : ces joues animées, ces épaules nues, chargées pour la plupart des pierreries les plus précieuses, les rires, la musique, tout cet ensemble entraînant forçait, en quelque sorte, la nature la plus calme à quelque agitation... Matt voulait me mener dans la serre sur laquelle donnait cette salle ; il était impossible de songer alors à la traverser, mais on pouvait facilement la tourner en passant par un délicieux boudoir rempli d'objets d'une grande valeur.

Rien ne peut dire le calme mystérieux de ce vaste jardin de cristal. Des plantes exotiques répandues à profusion tendaient leurs larges feuilles comme pour tamiser encore la pâle lumière qu'on y laissait pénétrer comme à regret... Un petit jet d'eau caché dans le parterre central couvrait de son bruit les conversations intimes !... un seul couple était assis, mais je ne pouvais distinguer les figures :

– Louise et dom Pedro ! murmura Mathilde à mon oreille, en me les désignant.

Je me retournai vivement avec l'intention de lui donner, à tout hasard, un démenti formel... je me trouvai en face du mari de Louise :

– Vous avez donc oublié, Madame, que vous m'aviez promis cette valse ?

– Non pas, je vous cherchais !...

Et, me précipitant à son bras, je l'entraînai dans le tourbillon, plus vite que je ne mets de temps à l'écrire, et nous valsions, nous valsions... moi m'efforçant de rire de tout, et lui cherchant à formuler quelque excuse sur la manière brutale dont, prétendait-il, il m'avait entraînée loin de ma causerie !...

Longtemps la vision de la serre se représenta à mon esprit, mais je la chassais comme on chasse un mauvais rêve ! Non, pensais-je, c'est impossible, Louise, si belle, si artiste, si intelligente ! et dom Pedro si vulgaire, si…… Non !

Mais alors, cette intimité réelle ou feinte, pourquoi ?…

III

Dom Pedro ne m'avait jamais tant déplu que la dernière fois que je l'avais vu. C'était le soir du dernier concert que Louise avait donné ; et peu de temps après, les départs pour la campagne vinrent nous séparer tous, au moins pour quelque temps ; je tâchai d'oublier cette impression.

Dans ses lettres Louise ne faisait aucune allusion au Portugais, elle me demandait seulement, avec une insistance bien plus marquée que de coutume, d'aller la voir. Je finis par céder, le voyage n'était pas bien long ; elle avait toujours chez elle d'agréables réunions ; je me décidai et me mis en route.

L'automne à V… était charmant ; on y inventait parties sur parties, cavalcades pour les uns, chasses pour les autres, comédies plus ou moins bien jouées, etc… Louise savait intéresser tout son monde et donner à chacun sa distraction préférée, tandis qu'elle-même s'adonnait de plus en plus à la musique. Lorsque j'arrivai le château était plein.

Le grand salon était disposé d'une façon délicieuse ; les fenêtres couvertes d'une légère buée à cause du froid extérieur, – on était en novembre, – laissaient apercevoir, malgré le crépuscule naissant, des arbres séculaires formant un majestueux arceau, qui se perdait au loin dans la brume. C'est par cette avenue qu'on arrivait ; aussi, quand ma voiture tourna à l'angle du château pour approcher du perron, eus-je le temps d'apercevoir bon nombre de figures souriantes me souhaitant la bienvenue.

J'entrai, et me débarrassant de mes fourrures, je répondis aux bonjours et aux poignées de main ; Louise m'avait embrassée, et je lui trouvai non seulement bonne mine, mais l'air radieux :

– Quelle joie de me retrouver ici, dis-je enfin !

– Ce n'est pas malheureux, il y a assez longtemps qu'on te désire, répondit gentiment Louise ; Jules surtout, il ne savait quelle chambre te donner, pour que tu fusses bien. (Jules était son mari.)

– Merci, mon cher Jules, je n'ai pas besoin d'être si gâtée, pour aimer à venir chez vous !

Après avoir ainsi échangé quelques phrases banales avec mes amis, je voulus me retirer dans cette fameuse chambre afin de m'habiller pour le souper. Comme j'en exprimais le désir à Louise, je remarquai chez elle une vague inquiétude ; depuis quelque temps, elle regardait avec acharnement la grande fenêtre qui donnait sur l'avenue, quand, tout à coup, elle s'écria :

– Ah ! le voilà !

On se précipita pour voir le nouvel arrivant, pendant que Louise me montrait mon appartement.

– Ah ! quel bonheur, soupira-t-elle, je commençais à m'inquiéter. Regarde comme je suis contente ! Tu ne vois donc pas combien je suis heureuse ? Tu ne devines donc pas qui j'attends ?

Je la regardais sans répondre.

– Ne fais pas l'étonnée comme ça, Jeanne, je me sauve car la voiture que j'ai aperçue au loin n'est autre que celle de dom Pedro ; il doit être arrivé maintenant, et… songe donc, il y a un mois que je ne l'ai vu !

… Je ne voulus pourtant pas croire encore, mais j'eus peur !

Ce soir-là, c'était jour de comédie ; Louise ne jouait pas, mais Mathilde avait un rôle important, ce qui me surprit, car, ne l'aimant pas, je n'admettais, en elle, ni esprit, ni intelligence. Le souper fut gai, les acteurs mangeaient à part, sous prétexte de pouvoir sortir de table avant nous pour aller revêtir leurs costumes afin de ne pas faire attendre pour commencer la représentation.

La comédie m'intéressa peu, j'étais suffoquée par l'arrivée de dom Pedro, que je comptais bien ne jamais trouver à V…

Matt avait un rôle de souveraine ; sa traîne en velours rouge, sa fraise en broderie d'or, et ses cheveux, si noirs, relevés hardiment sur son front, lui donnaient un air imposant, que je ne lui soupçonnais pas ; et je la trouvai belle !

Dom Pedro ne la quittait pas des yeux ; elle ne laissait pas de s'en apercevoir, et sa physionomie trahissait une satisfaction qui se devinait dans son maintien.

Elle joua médiocrement, mais dom Pedro l'accabla de compliments si exagérés que j'en fus tout étonnée.

Puis, après un ou deux tours de valse, on eut la liberté de se retirer. J'en profitai aussitôt, très fatiguée de mon voyage et bien aise aussi de me sentir un peu seule avec mes réflexions.

À peine commençais-je à me remémorer cette première soirée que

Louise entrait souriante dans ma chambre ; ses beaux cheveux blonds tombaient à leur gré sur ses épaules ; un frais peignoir laissait deviner les contours de sa taille svelte et gracieuse ; mais ses yeux projetaient véritablement des flammes.

– Qu'as-tu, ma chérie ? lui dis-je presque effrayée.

– Oh ! rien ; je veux te voir seule, un peu à mon aise, te dire que je suis bien heureuse de te sentir enfin sous mon toit ?

Son sourire était forcé, et les mots semblaient sortir difficilement de ses lèvres.

– Je te dérange ? reprit-elle.

– Du tout, Louise (et pourtant je tombais de sommeil), du tout ma chère amie ; seulement ce n'est pas dans tes habitudes de me faire une visite à cette heure-là.

– C'est pour te voir un peu à mon aise, je te l'ai dit.

– Alors tu as quelque chose de particulier à me dire ?… à me confier ?…

– Moi ? Mais… mais non !

– Il n'est pas possible que tu viennes à cette heure-ci pour… rien ?

– Tu es gentille ! Si je te gêne, je vais m'en aller.

Mais elle restait. Je me mis à l'observer ; ses lèvres tremblaient, et son regard se perdait dans le vide.

– Qu'as-tu donc, Louise ?

– Je ne sais pas ! murmura-t-elle.

– Es-tu malade ? allons, parle !

Elle me fit signe que non.

– Et ton mari, ajoutai-je mystérieusement, que va-t-il dire ?

– Oh ! rien du tout ; d'ailleurs, que lui importe ?

– Comment ?

– Tu sais bien qu'il me hait !

Je tressaillis à cette réponse imprévue et brutale :

– Il ne t'aime pas ? Jules ne t'aime pas ? insistai-je.

– Non. Oh ! si tu savais ce que je souffre !

– Tu souffres, Louise ? et c'est par Jules ? moi qui le croyais si bon, me suis-je trompée à ce point !

– Oh ! si tu savais, répétait-elle.

– Je me figurais que Jules satisfaisait à tous tes caprices, qu'il approuvait tes moindres actes, tes moindres désirs ?… Dis-moi, n'est-il plus à tes pieds comme autrefois, ou, du moins, comme je le croyais ?… Louise, réponds-moi, réponds-moi donc !

Et elle se taisait. Ses yeux, obstinément fixés sur le plancher, s'emplissaient de larmes.

– Je ne l'aime pas ! soupira-t-elle enfin, je ne l'aime pas…

J'étais étonnée de cette insistance :

– Mais, je ne te demande pas de l'aimer, dis-je, l'amour ne vient pas à commandement ; cependant tu dois avoir pour Jules au moins de l'estime ?… Une certaine reconnaissance ?…

– Reconnaissance ! de quoi ? fit-elle en me regardant, comme mue par un ressort.

– Mais enfin (je voulais en dire trop espérant qu'elle m'arrêterait), le devoir, Louise, doit remplacer un peu l'affection ?… et ta mère, penses-tu au cœur de ta mère ? Ne sens-tu pas que tu vas le déchirer ?

J'avais dit ces derniers mots avec une lenteur marquée ; nous étions assises tout près l'une de l'autre ; elle avait mis sa main dans la mienne, mais cette main était glacée, et, instinctivement, mes doigts s'étaient entr'ouverts et je l'avais presque repoussée. Quels pénibles instants ! Combien durèrent-ils ? je l'ignore : mon cœur battait à faire éclater ma poitrine ; mes yeux se voilaient, et il me semblait que mes oreilles refuseraient d'entendre un secret fatal, si c'en était un que devait me dire Louise, lorsque, se soulevant à demi, elle plongea son regard dans le mien et d'une voix étranglée murmura :

– Et toi, alors, si tu me sais coupable, tu me repousseras aussi ?

Pour toute réponse, je me levai en lui ouvrant mes bras ; elle jeta sa tête sur mon épaule, et pleura longtemps, puis, se redressant avec fierté, elle sortit, me laissant terrifiée, et incapable de me rendre compte de mes pensées.

IV

Je n'avais pas fait un pas vers Louise, je n'avais pas essayé de la retenir, et je regardais cette porte qui venait de se fermer sur elle, comme si mes yeux eussent pu la rouvrir et me ramener la « pauvre petite » des jeunes années, paisible et souriante, ne demandant rien au présent, et ne pensant pas qu'il dût y avoir un avenir. Mon cœur ne pouvait la croire coupable ; cette pensée me torturait ; aussi le sommeil ne vint-il m'engourdir que lorsque le jour commença à se glisser entre mes rideaux.

Savoir Louise sur une pente fatale, quel écroulement ! Mais je voulais ignorer encore qui l'y entraînait et surtout à quel degré elle était arrivée. J'en étais là de mes réflexions quand il fallut rentrer dans la vie réelle ; la journée était avancée ; l'heure du dîner approchait, et cet instant de réunion, si gai ordinairement à la campagne, était pour moi, ce jour-là, une heure d'angoisse.

N'allais-je pas rougir en l'embrassant ? N'allais-je pas jeter un regard inquisiteur et ridicule sur chacun de ses amis ?

La position devint facile quand j'entrai dans le salon. Elle était là, dans tout l'éclat de sa beauté sereine, plongée dans une conversation animée avec dom Pedro, plus obséquieux que jamais.

Matt était là aussi, se tenant un peu à l'écart, et je vis parfaitement qu'elle épiait cet aparté, comme un fauve regarde sa proie ! Je saisis sur un coin de sa bouche un soupçon de sourire, qui me blessa profondément... c'était comme si elle eût encore, comme autrefois dans la serre, nommé dom Pedro...

Jusque-là, cet homme me déplaisait ; mais, dès lors, je le pris en horreur, enveloppant, sans m'en rendre compte, Mathilde dans la même aversion.

On ne pardonne guère à ceux qui vous montrent la vérité quand on veut s'obstiner à en détourner les yeux, et puis j'aimais la « pauvre petite ». Jules, assis un peu à l'écart, se dérangea seul à mon entrée, il avait l'air heureux... je ne crois pas pourtant qu'il fût du nombre de ces maris trompés qui ne savent rien ; mais il avait le bon sens de penser que le seul parti à prendre est d'avoir l'air d'ignorer, si l'on veut rendre un retour possible.

. . . .
. .

Mon séjour à V... fut court, la présence de dom Pedro me troublait, quoique Louise semblât avoir oublié sa confidence ; et, sous aucun prétexte, je n'y aurais fait la moindre allusion. Le moment du départ venu, elle m'embrassa avec effusion et me glissa dans l'oreille :

– N'est-ce pas que je suis heureuse d'avoir un ami comme dom Pedro ?...

Je n'eus pas le temps de répondre, Jules s'approchait. Je lui tendis la main et sautai dans la voiture... Toute la journée, ce mot « ami » résonna à mon oreille ; j'aurais voulu l'en arracher, et pourtant, malgré moi, il me faisait sourire !

V

Je me demande pourquoi j'écris ces lignes ? Louise était mon amie, et c'est peut-être la trahir ? Mais non, car ceci est l'histoire d'une vie bien souvent vécue. Combien, hélas ! qui me liront, croiront se reconnaître ? Aucune particularité ne soulève le voile dont je la couvre, et, d'ailleurs, Louise est morte.

J'espère aussi, en écrivant ces souvenirs, faire un peu réfléchir les jeunes cervelles féminines qui les liront, car la névrose est une maladie plus morale que physique et dont le véritable remède est de savoir résister à des désirs… inavouables !

Il est toujours délicat de se mettre en avant, mais je vais dire une histoire qui a influé et qui influera sur toute ma vie. On en pourra tirer telle conclusion que l'on voudra.

Avec mon père, habitait une vieille tante, sœur de ma grand'mère. Elle avait élevé mon père, qui avait été lui-même de bonne heure orphelin ; et il avait pour elle une grande vénération. Depuis longtemps elle vivait retirée dans sa chambre, car elle avait prématurément vieilli, et ses facultés mentales en avaient souffert. Elle avait dû être très belle, et lorsque j'étais toute petite, j'aimais beaucoup jouer avec elle. On nous laissait ensemble des journées entières ; je lui portais mes jouets de prédilection… elle me souriait si doucement, pauvre vieille tante !

Un jour qu'on m'avait donné une poupée magnifique, je m'empressai de lui montrer ce superbe cadeau.

– Regardez, tante, quels beaux yeux a ma fille ! quels beaux cheveux blonds ! Voyez, elle est presque aussi grande que moi !

Tante n'eut pas son beau sourire habituel ; une sombre pensée sembla lui traverser l'esprit, sans doute un souvenir cruel !… Elle prit la poupée, se mit à l'examiner… puis, levant d'abord les yeux au ciel, elle l'attira vers elle en l'appelant : « Georges, mon bien-aimé Georges ! » et elle l'embrassa longuement… longuement… Tout à coup, fronçant les sourcils, elle la rejeta violemment à terre et, se renversant dans son fauteuil, elle se mit à pleurer en criant : « Parbleu ! parbleu !… »

Je me précipitai pour voir si ma pauvre poupée ne s'était pas cassée dans sa chute terrible… Pendant ce temps, on était accouru au bruit des sanglots de ma tante, et on m'emmena vivement sans même me laisser le temps de lui dire au revoir !

Cette scène m'avait vraiment impressionnée. « Qu'a donc pensé ma tante, me disais-je, ma poupée lui plaisait, et elle s'est fâchée presque aussitôt ? J'irai et je lui demanderai. » J'avais assez de malice pour flairer un mystère, et je ne fis part de mes observations à personne.

Quand je retournai près de ma vieille tante, je ne pris pas ma poupée, elle n'eut pas l'air de s'en apercevoir, et nous jouions depuis quelques minutes, lorsque je lui dis :

– Tante, pourquoi vous êtes-vous fâchée l'autre jour ?

– Je ne me suis pas fâchée, mon enfant, répondit-elle.

– Mais si, tante, vous avez embrassé ma belle poupée, et vous l'avez jetée, après, si rudement sur le plancher, que j'ai cru la ramasser en morceaux !

– Tu me la rapporteras encore, n'est-ce pas ?

– Alors il ne faudra plus la jeter par terre ?

– Oh ! non, je l'aime trop !

– Vous l'aimez ? C'est drôle ! Moi aussi.

– Toi aussi ? ah ! je te le défends, entends-tu ? Si je ne l'avais pas aimé, lui, il n'aurait pas brisé ma vie ! Si je n'avais pas écouté son langage d'amour, je n'aurais pas la vue affaiblie par les pleurs de ma jeunesse ! Oh ! non, non, ne l'aime pas ! Il te persuadera, il mentira, et quand tu entendras à ton oreille murmurer un serment qui lie les âmes ; quand tu sentiras son bras enlacer ton être et attirer ton cœur vers son cœur, repousse-le et va-t'en ;

sans quoi, tes lèvres closes par ses lèvres te feront oublier ta vie pour vivre de la sienne ; et quand il se sera saturé de ton ivresse, tu le verras se retirer en souriant. Ce sourire te semblera insultant et tu lui demanderas s'il te méprise. Alors il te répondra en haussant les épaules : « Parbleu. ! »

Puis elle recommença à pleurer comme la veille. On m'emmena avec la même précipitation, et depuis, on ne m'a jamais laissée seule avec ma tante. Cette scène a eu sur ma vie une énorme influence ; car je l'ai toujours présente à ma mémoire, surtout depuis que j'ai pu la comprendre. De sorte que, connaissant malheureusement les amours de Louise, il me semblait toujours entendre dom Pedro, sortant de ses baisers, le lui dire ce terrible : Parbleu !

Ils le disent tous, ce mot de mépris, entendez-vous, mes sœurs tombées ou entraînées vers la chute ? Ils le disent tous, et c'est pour vous le faire entendre que je laisse ma plume dominer ma volonté, pour fixer ici ces pensées.

. . . .
. . .

L'hiver revint et, avec lui, cet enchaînement de plaisirs qui fait, dit-on, de Paris, la ville enchanteresse par excellence. De fait, il y a de quoi satisfaire toutes les exigences ; les arts y sont merveilleusement représentés, les esprits légers y trouvent un renouvellement de banalités plus ou moins excitantes ; la science y peut être aussi sévère qu'on le désire ; je ne parlerai point des sens, nos mœurs dégénérées leur faisant la part généreuse !…

Louise effleurait tout et ne jouissait de rien. Seule, la contemplation de dom Pedro la ravissait ; sans lui, tout était mort ; avec lui, tout était vie, et vie souriante et belle !

Et pourtant elle était inquiète ; Mathilde le voyait trop souvent, n'allait-elle pas l'accaparer ? Le pacifique baron ne voulait point le recevoir assez ; c'était toujours sur moi qu'elle déversait le trop-plein de son cœur ; j'essayais de calmer moral et physique, mais, comme chez toute personne déséquilibrée, le moral subissait trop les influences nerveuses, et semblait diriger sa santé même ; depuis quelque temps, elle maigrissait et pâlissait d'une façon inquiétante ; je me hasardai à lui en faire la remarque.

– Oh ! ma pauvre Jeanne, me dit-elle, je crois que dom Pedro m'aime moins ! Il parle de faire un voyage chez lui, en Portugal, où il a de grands intérêts. Autrefois, il n'eût pas admis l'idée d'une séparation aussi longue, pour n'importe quels intérêts !

– Tu ne peux pourtant pas exiger qu'il laisse toute sa fortune dépérir, et se réduise à la mendicité pour te plaire ? Pourras-tu le nourrir alors ?...

– Ne ris pas, je souffre !

– C'est ta faute !

– Non, de grâce, ne parle pas ainsi, je tiens à ton estime !

– Tu n'en as pas l'air !

– Alors, tu me compares à ces filles, qui roulent de honte en honte ?

– Quelle exagération ! Je ne te compare pas, je te prends pour une femme qui a oublié ses devoirs et…

– Et quoi ?...

– Et je le regrette.

– Si tu savais quel grand cœur, quel attachement profond il a pour moi, quel dévouement absolu !…

– Et encore quoi ?

– Et combien je l'aime !

– Allons donc ! Ce mot-là, vois-tu, résume à lui seul cet attachement si profond, ce dévouement si sincère. Oh ! ma chère Louise, je ne te croyais pas si naïve ! Est-ce que toutes les femmes abandonnées par leur amant n'ont pas tenu auparavant ce même langage ?... Pourquoi veux-tu qu'il soit...

– Jeanne, reprit-elle vivement, tu sais quelque chose ? Tu es chargée de me prévenir ?

– Oh ! non !

– N'achève pas. Si dom Pedro ne m'aimait plus, j'en mourrais !

– Mais puisque je te dis qu'il ne m'a pas parlé ?... Mais non !

– Tu dis faiblement ce non. Tu vois, sans doute, que tu as parlé trop brutalement et tu veux me laisser un instant d'espoir !

– Je t'affirme...

– Oh ! Jeanne, c'est mal d'avoir accepté cette mission-là !

– M'écouteras-tu enfin, Louise ? Puisque je t'affirme que je n'ai pas vu dom Pedro. Et d'ailleurs si jamais il me faisait une allusion quelconque sur toi, il ne repasserait jamais le seuil de ma porte !

– Vois-tu, ne me dis rien contre lui, j'aime mieux que tu ne m'en parles pas.

– Bon ! c'est toi qui as commencé ! Tu sais bien pourtant à quel degré il m'est… peu sympathique ?

– Tu as tort, si tu voulais le recevoir davantage, tu saurais l'apprécier, et tu verrais !

– Quel cœur, quel dévouement profond, etc… Connu !

Et cela finissait toujours par des larmes ; j'étais obligée de la consoler, de la remonter, je trouvais à dom Pedro toutes les qualités qu'elle voulait ; pourtant je ne pouvais approuver sa conduite, « pauvre petite », et je me reprochais d'avoir la faiblesse de ne pas lui dire qu'il était un monstre !…

VI

Je n'ai jamais très bien compris pourquoi Louise tenait tant à une approbation de ma part ? Quel changement cela eût-il apporté dans sa vie ? Ce qui empoisonnait son existence, était de ne pouvoir légitimer son coupable amour. C'est que c'était une nature profondément honnête que la sienne, et j'étais convaincue qu'elle n'avait dû céder qu'à contre-cœur.

Je ne me trompais pas, car un jour il lui vint à l'idée de me raconter la persistance de dom Pedro à la poursuivre, combien elle avait résisté longtemps, puis enfin, ayant cru à un amour unique, à un cœur neuf comme le sien, comme elle s'était attachée à cet homme, prise par un attrait irrésistible, un sentiment qui lui avait été inconnu jusqu'alors, qu'on l'appelle amour, ou d'un autre nom. Ce qu'il y a de certain, c'est qu'elle s'était livrée, abandonnée complètement ; elle était devenue la chose de dom Pedro. Ce mot qu'elle avait employé en se révoltant contre son mari, elle s'en rassasiait à présent en l'appliquant à celui-ci : « Oui, disait-elle, ma joie est d'être la chose de dom Pedro ! »

Cet attachement que je soupçonnais à peine, quand Louise m'en fit l'aveu, durait depuis plusieurs années déjà. Pour elle, c'était devenu comme un besoin impérieux, sa vie tout entière était là, tandis que, pour lui, ce n'était plus qu'une lourde chaîne. Cependant, comprenant les ravages qu'il avait faits dans ce pauvre cœur si franc, il avait, au moins, la pudeur de lui laisser croire à une affection réelle.

Louise avait le respect de sa mère et, pour rien au monde, elle n'aurait voulu lui faire la triste confidence que j'avais reçue. Ce n'était pas un des côtés les moins douloureux de cette singulière existence, car je ne crois pas avoir jamais rencontré un cœur de mère plus follement aveugle que celui de la comtesse de F… sa mère.

Cependant dom Pedro, persévérant dans ses projets de voyage, partit à la date fixée.

Je ne puis peindre le désespoir de Louise ; naturellement celui de dom Pedro n'était que simulé, il était facile de le voir ; elle seule ne s'en aperçut pas.

– Quelle idée a-t-il d'aller par mer, me dit-elle le lendemain de son départ, c'est affreux un éloignement comme celui-là ; je ne puis avoir de ses nouvelles ni communiquer avec lui jusqu'à son arrivée, et pendant ce temps je mourrais de douleur, sans pouvoir le supplier de revenir me donner un dernier adieu ! Ce serait impossible ! Impossible, comprends-tu bien ce mot ?

Et elle sanglotait.

– Vraiment, Louise, tu n'es pas raisonnable, lui dis-je un jour ; cet homme (je ne pouvais l'appeler autrement, à son grand désespoir) cet homme a réellement besoin de retourner chez lui, songe donc que ce n'est pas à la guerre qu'il va, c'est au contraire dans un but très pacifique. Il va pour augmenter son bien-être ; il reviendra satisfait, heureux même, de son voyage.

Et je pensais intérieurement : Si l'Océan pouvait l'engloutir !

Mais Louise reprenait :

– Tu ne comprends pas le désespoir, toi ! Si tu sentais ce que je ressens, tu te demanderais comment je vis encore ! Je me fais cette question à moi-même, et c'est souvent que je me demande pourquoi, en effet, je ne suis pas morte.

– Comment, Louise ! Tu vis parce que telle est la volonté divine !

– Oh ! Jeanne ! la volonté divine n'est pas de nous créer pour nous rendre malheureuses. Je suis un être maudit, moi ; oui, vois-tu, quand on sait qu'on est coupable, et qu'on n'a pas le courage de changer, on souffre à en mourir et on souhaite la mort, car elle est préférable à cette souffrance.

Et comme je répliquais :

– Non. Il est préférable de revenir à la voie droite.

– Je ne puis pas, répondait-elle, je me sens lâche, mais pas assez, pourtant, pour ne pas en finir avec la vie. Il me serait doux de penser, qu'après lui avoir sacrifié repos, honneur, famille, tout ce qui vit en moi, ce serait ma vie elle-même que je lui donnerais.

– Es-tu folle ? Et penses-tu sérieusement à ce que tu dis ? Le suicide est toujours une lâcheté… tais-toi.

– Oh non ! Le suicide n'est pas une lâcheté. Dieu pardonne à ceux qu'il accable ; je voudrais mourir, parce que j'espère en la mort et l'attends comme une délivrance !

– Allons, tu es gaie !

– Tu peux rire, toi, que te manque-t-il ? On te vénère, on te respecte... mais moi, si je m'entends approuver, je me dis : Ils ne savent pas ! Si l'on m'admire, si l'on m'applaudit quand je chante, je me dis : Est-ce que cela me l'attache davantage ? Il n'est pas à moi tout à fait ! Va, je ne suis pas heureuse, plus rien ne m'est doux ; le sommeil seul me console, parce qu'il me permet d'oublier, et la mort, c'est un sommeil qui dure... On m'oubliera vite, je ne gênerai plus rien !

Et puis, ajouta-t-elle plus bas, je ne verrai plus cette figure placide de Jules, me reprochant jusqu'à mes pensées.

– Jules ne te reproche rien du tout, c'est le remords qui t'agite... Renonce à dom Pedro, et le calme que tu ressentiras te rendra le bonheur que tu repousses !

– Tu vois bien, Jeanne, qu'il me faut mourir, c'est le seul moyen de suivre ton conseil. Renoncer à dom Pedro ?... Ce serait renoncer à l'air que je respire, fermer les yeux à la lumière, comprimer mon cœur à en arrêter les battements... alors, que ce soit pour toujours !...

– Louise, tu t'égares !

– Non, ma Jeanne bien-aimée, non ; seulement dom Pedro est parti, plus rien ne vit en moi, je me sens seule dans un vide effroyable ; dom Pedro est parti, ma vie le suit et m'abandonne ; tout ce qu'il y a en moi qui puisse vibrer encore est à lui, à lui à jamais !

– Je t'en supplie, Louise, calme-toi, chasse ou au moins combats ces noires idées, qui ébranlent ton cerveau, à quoi bon te rendre malade ?

– Je voudrais tant mourir ! murmura-t-elle.

Jamais je n'oublierai le son de sa voix prononçant ces dernières paroles ; je me sentis frissonner, et n'eus plus le courage de discuter avec elle.

VII

Louise redoutait Mathilde. À son point de vue, hélas coupable, elle avait raison, car Mathilde était créole et ses grands yeux noirs, qui avaient des reflets de soleil, rappelaient agréablement à dom Pedro le ciel pur de son pays étincelant.

Avant le départ du Portugais, Matt et lui se parlaient donc forcément comme des amis, et cette intimité ne choquait que ma pauvre Louise ; mais ce que je n'admettais pas, c'était la malice avec laquelle Matt parlait de dom Pedro devant « pauvre petite », soulignant les attentions qu'il avait pour elle : insistant exprès, en racontant leurs faits et gestes, sur ce qui pouvait prêter à quelques sous-entendus. Autre avantage de Matt, elle connaissait le Portugal. Quand ses parents étaient venus se fixer en France, ils s'étaient arrêtés à Lisbonne où dom Pedro les avaient reçus, car ils étaient parents.

Il les avait gardés quelque temps chez lui, à peu de distance de cette ville, et le souvenir de ce séjour lui était resté présent, comme un de ces rêves auxquels on s'attarde quand le réveil est venu !

Elle racontait souvent qu'il y avait réellement une grande poésie dans cet endroit privilégié de la nature : l'habitation était simple, mais les palmiers, les orangers, les citronniers, les musas et autres arbres de ces pays ensoleillés, rivalisaient de beauté et de grâce. Elle disait comment, à travers leurs longs doigts d'émeraude, on apercevait l'océan bleui, qui semblait leur faire un encadrement de saphir, et tout au loin, tout au loin, ce bleu transparent se reliait à celui du ciel par une dégradation si douce, qu'on se demandait souvent où finissait l'un et où commençait l'autre !

Le soir, quand le soleil semblait vouloir se baigner dans cette onde attirante, Mathilde, quoique fort jeune alors, s'échappait de la maison et courait sur une grande terrasse bordant la mer, et là, dans un coin connu d'elle, elle contemplait, séduite par un charme inconnu et croissant, ce sublime spectacle, qui, toujours semblable à lui-même, ne se ressemble pourtant jamais !

Tantôt la mer semblait vouloir éteindre ce globe de feu, qui descendait sur elle comme pour la menacer, et de chaque petite pointe des lames s'envolait une fine poussière d'eau brillante comme des diamants ; puis cette irradiation diminuait, s'éteignant peu à peu, laissant la nuit triomphante envelopper la mer de ses voiles mi-transparents ; tandis que Matt rentrait en cherchant à compter les étoiles.

D'autres fois, se souvenait-elle encore, le soleil ne semblait pas vouloir entrer en lutte avec l'eau et se ternissait avant même de disparaître. Ces soirs-là, de nombreuses petites voiles blanches et grises parsemaient la vaste étendue mouvante qui s'étendait à ses pieds, et c'était une autre joie de les voir glisser sur l'eau, se croiser, se dépasser ou s'arrêter comme à bout de forces, semblables à de grandes mouettes qui jouent.

Malgré les charmes de son pays enchanté, dom Pedro revint, et devant lui les noires idées de Louise s'envolèrent, mais il avait rapporté de là-bas le désir le plus violent d'y retourner, il en parlait sans cesse avec Mathilde devant la « pauvre petite » dont le visage devenait livide et qui prenait le parti de ne plus rien dire ; sa jalousie cependant la torturait, et lui faisait faire, les unes sur les autres, toutes les maladresses possibles. Dom Pedro ne l'aimait plus que sensuellement, elle l'agaçait visiblement. Jules aurait bien voulu reprendre ses droits d'époux, mais la sévérité de Louise le tenait éloigné, et il en gémissait en secret.

De temps en temps une petite scène conjugale était tentée, mais il était toujours obligé de s'avouer vaincu, et s'en retournait dans ses appartements sans jamais pouvoir rien obtenir !

Louise m'avait conté cela, et je m'étais hasardée à lui démontrer l'imprudence de sa conduite !...

Elle haussait les épaules en riant :

– Bah ! disait-elle, à mon âge, il n'y a plus de danger !

Plus de danger, elle touchait à peine à ses trente ans !

– Pourvu que dom Pedro ne se lasse pas de moi ! recommença-t-elle un jour.

– Pourquoi donc ?

– C'est qu'il me semble qu'il est plus souvent avec Matt, ne l'as-tu pas remarqué ?

– Je t'affirme que non.

Un jour que nous causions ainsi confidentiellement, dom Pedro entra.

Je me levai, n'aimant pas à me trouver entre eux, car de quelque manière que la conversation s'engageât, j'avais toujours peur qu'il ne m'échappât quelque parole blessante, et d'ailleurs, comme je ne doutais pas que dom Pedro ne sût que Louise m'avait tout confié, je n'osais plus le regarder en face ; car je ne voulais pas jouer le rôle de confidente, je ne voulais pas surtout qu'on me soupçonnât d'approuver la conduite de Louise, d'aider à leur désordre !

Mais je ne fis qu'un pas, et m'arrêtai vivement : dom Pedro, nous ayant saluées, annonça brusquement son départ.

« Pauvre petite » s'y attendait si peu, qu'elle se renversa dans son fauteuil, agitée d'un tremblement convulsif, et perdit connaissance !

Je ne vis plus qu'elle et me précipitai pour lui prodiguer tous les soins possibles ; je ne sais comment un flacon de sels se trouva dans ma main ; je le lui fis respirer, je lui frottai les mains et les tempes avec de l'eau de Cologne.

Enfin sa respiration étant redevenue calme, je fus plus tranquille sur son compte et levai instinctivement les yeux pour examiner dom Pedro.

Il me fit presque pitié : il se tenait appuyé près de la porte comme un homme qui chancelle ; sa pâleur me surprit, et pour la première fois depuis que je le connaissais, je crus à une émotion de sa part.

Cependant Louise avait laissé retomber sa tête sur mon épaule, ses yeux restaient fermés, mais ses lèvres faisant un suprême effort, elle murmura, « Jeanne, il est parti, sans me dire adieu ! »

– Mais non !

– Cours après lui, mon amie, dis-lui qu'il me pardonne !

– Louise, je t'en prie, reviens à toi !

– Qu'il me pardonne le trouble que j'ai apporté dans son existence !

– Tais-toi, te dis-je !

– Sans moi, il aurait à présent un foyer moins triste, une famille… il serait heureux !

– Reviens à toi, chérie !

– Promets-moi, Jeanne, dit-elle en se ranimant, promets-moi, quand je serai morte, d'implorer son pardon, pour ma mémoire !

Et comme je cherchais à me dégager, ne pouvant supporter que dom Pedro restât aussi longtemps impassible, elle se raccrocha à mon bras, et d'un ton absolu, quoique étouffé, elle ajouta :

– Ne fais pas ton regard sévère, Jeanne, je l'aime ! oui… plus que tout : entends-tu ; plus que tout !

– Parlerez-vous, enfin ! criai-je à dom Pedro en me dégageant des bras de Louise ?

Ces mots lui firent reprendre tout à fait connaissance ; elle aperçut son amant cloué à la même place, d'un bond elle se précipita vers lui…

– Je ne partirai pas, dit-il.

Je ne vis plus rien, je n'entendis plus rien. Tout ce que je me rappelle, c'est que je me retrouvai dans la rue, le cœur plein d'angoisses.

VIII

Louise me fit demander le lendemain ; je n'osai pas m'excuser. Dès que je la vis, je fus étonnée du changement qui s'était opéré en elle. Ses yeux n'avaient sans doute goûté aucun repos, ils étaient secs, comme brûlés par la fièvre. Ce qui me frappa le plus ce fut sa parole entrecoupée :

— Jules a reçu des lettres anonymes ; il n'y attachait pas d'importance d'abord, mais il commence à être ébranlé !...

— Tu exagères sans doute encore ?

— Il y croit, te dis-je ; tiens, il y a environ six mois, il m'a menacée : « Si je savais que vous me trompez, m'a-t-il dit, je vous tuerais comme un chien. »

— C'est bien peu dans son caractère !

— Il est devenu nerveux, cependant je cède à tous ses caprices !

— Oh ! là, je t'arrête. Ses caprices se résument à vouloir faire acte de vie conjugale, et c'est avec acharnement qu'il se voit repoussé !

— Trop tard ! fit-elle avec un rire satanique.

— Pourquoi ? Il n'est jamais trop tard pour céder à un désir légitime ? Il croira que tu as vaincu la répulsion que tu avais pour lui.

— Trop tard ! répéta-t-elle en m'interrompant.

— Louise, repris-je froidement, je ne comprends pas.

— C'est inutile !... Mais non, au fait, tu es discrète, cela me soulagera !...

Il faut que tu sois au courant, parce qu'enfin il me répugne de te mentir aussi à toi ; toi, si loyale, si honnête... tu me fuiras, me haïras peut-être !

qu'importe à présent, j'ai pris un parti irrévocable.

Écoute, fit-elle en m'attirant contre elle et, d'une voix étrange, elle me dit ces mots en les scandant d'une façon solennelle et avec un effet voulu :

– Dom Pedro est resté longtemps ici, hier, après ton départ : il a fini par comprendre que mon amour l'enlacerait partout quoi qu'il fît ; il ne cherche plus à s'en dégager parce que l'immensité de cette affection le touche, et alors, c'est convenu, il partira, mais c'est pour préparer tout là-bas afin de me recevoir, car je ne peux… je ne veux plus vivre qu'avec lui, qu'avec… le père de mon enfant !… Oh ! tais-toi, Jeanne, je sais tout ce que tu vas me dire, pourquoi me déchirer le cœur inutilement : je te charge de consoler ma mère… et…

Elle ne put achever.

– Louise, m'écriai-je, dis-moi que ce n'est pas vrai, dis-moi que ce n'est pas possible, ou au moins que tu n'es pas sûre ?

– Absolument sûre. Et même il ne faut pas qu'il prolonge trop son absence… je ne pourrais peut-être plus le suivre.

– Si près du dénouement ! murmurai-je, et personne ne soupçonne rien ?

– Je suis tellement maigrie ! et puis regarde, à peine puis-je respirer dans mes vêtements !

Elle était redevenue calme et souriante, et moi, je me sentais pétrifiée. Pas un mot ne venait sur mes lèvres, je ne savais même plus l'aimer…

Était-ce de sa part cynisme ou énergie farouche ? Il me semblait en arriver à admettre ses idées de suicide ! J'aurais voulu crier à sa mère : « Venez, Madame, au nom du ciel, si vous tardez un instant, votre fille est perdue. Venez, il est peut-être encore temps de la sauver ! »

Combien ai-je vécu ces quelques minutes ! Il m'a semblé, en ce court espace de temps, effeuiller un siècle ! Un baiser, qui me brûla le front, me sortit de ce songe :

– Non ! fis-je en la repoussant.

Pour toute réponse, elle sourit et me tourna le dos, pour aller au-devant de sa mère que je n'avais pas vue entrer.

– Encore là ? Tu dînes donc bien tard ? me dit la comtesse de R…

– Mais non, Madame, c'est-à-dire oui ! Est-il donc si tard que cela ?

– Ah ! çà, qu'as-tu donc ? As-tu été par hasard témoin d'une scène de Jules avec Louise ? C'est qu'il n'est pas tous les jours commode, mon gendre !

– Oh ! Madame, Jules est si bon !

– Oui, bon pour toi, c'est possible, tu n'es pas sa femme ; pour Louise, c'est différent ! Aussi ai-je remarqué avec beaucoup de chagrin que la maigreur de ma fille augmente, elle pâlit beaucoup, tu le vois bien comme moi ?

– Moi, Madame ? oui ; au contraire !… non !…

– Ah ! par exemple, voilà qui est fort ! Vraiment, Louise, ajouta-t-elle en se tournant vers la « pauvre petite », qu'as-tu fait à ton amie ? Elle parle avec une incohérence, qui, heureusement ne lui est pas habituelle ? Ah ! mais, vois donc comme elle est rouge ?

En effet, je me sentais devenir écarlate, je souffrais visiblement et, sur une excuse banale, je la saluai, puis faisant semblant d'embrasser Louise je me sauvai avec bonheur.

IX

Sincèrement, je me demande quelle est la conduite que j'aurais dû tenir, et je ne puis me répondre clairement. Notre vieille amitié plaidait pour la « pauvre petite »… mais cet acharnement dans la mauvaise voie !

« Pauvre petite », elle n'aurait pas fait volontiers de la peine à son pire ennemi ; elle était charitable et douce, et savait toujours excuser les autres ! Et, se révoltant contre toute légèreté… tandis que sa conduite à elle était des plus coupables.

C'est qu'elle avait fini par se persuader à elle-même, que le sort seul était responsable. Si son mari eût été plus habile à la prendre, c'est lui qu'elle aurait aimé ! Si dom Pedro ne s'était pas acharné à la persécuter de son amour, elle ne l'aurait point écouté ; la preuve, c'est qu'elle l'avait d'abord repoussé. Lui, son unique tendresse, elle ne l'avait jamais trahi ; elle ne le trahirait jamais, elle en était sûre. Ce n'était donc pas sa faute ! disait-elle. Est-on maître de ses sentiments ?

Mais lorsque le déshonneur absolu, par sa maternité illégitime, se dressa devant elle, ce fut une révolte complète contre l'humanité tout entière, et surtout contre Dieu. Mais là, il n'y avait plus de lutte possible ; la nature l'emportait sur sa volonté et elle en arrivait à justifier le suicide. Elle voulait légitimer la mort avant de l'appeler à elle, comme elle s'était imaginé avoir légitimé sa vie ! Pauvre petite, avec quelle inconscience, elle a galvaudé son existence ! Elle lui était offerte si simple et si facile ! Elle ne lui a pas suffi, et elle a piétiné sur son bonheur pour une ombre de satisfaction ;

aussi n'a-t-elle éprouvé qu'un écœurement d'elle-même, et sa dernière heure a sonné dans un élan de désespoir !

Il y avait longtemps relativement que nous ne nous étions vues ; instinctivement je m'en éloignais et, quoique je ne croie pas aux pressentiments, un soir que j'étais plus inquiète sur son compte, je me rendis chez elle et la trouvai par hasard seule. Son mari était au théâtre, sa mère absente, je vis qu'elle avait pleuré, je ne lui en demandai pas la cause, pensant trop bien la deviner ; elle me prit la main silencieusement, ce fut son unique bonjour.

– Si je te faisais demander au milieu de la nuit, viendrais-tu ? me dit-elle.

– Pourquoi pas ? répondis-je étonnée de cette question.

– Merci, Jeanne, tu es une vraie amie, toi.

– Ma petite chérie, j'espère que tu n'en as jamais douté ?

– Tu sais, continua-t-elle, dom Pedro ?…

– Allons, encore ?

– Ne m'interromps pas. Dom Pedro m'avait promis, formellement promis, que son absence durerait à peine un mois, et il y en aura bientôt trois qu'il est parti.

– Peut-être n'est-ce pas sa faute, un retard imprévu ou bien…

– Oh ! s'il n'est pas pressé de revenir, dit-elle en m'arrêtant, c'est qu'il ne m'aime plus… plus… ou du moins pas autant. Je comprends bien que je dois être une charge pour lui, un embarras ! Du reste, il a écrit une fois de plus à Mathilde qu'à moi !

– Qu'en sais-tu ?

– Elle me l'a bien fait remarquer. Tu comprends, si elle pouvait m'ôter de sa route ! Je lui porte ombrage : mon Pedro bien-aimé n'ose pas encore la préférer ouvertement à moi ! – Il ne peut pas, dit-elle en s'animant, il ne le doit pas, je ne retire pas ce mot ; maintenant il a des devoirs envers moi, et, comme il est honnête !... Ne souris pas, je dis vrai, et pourtant ce qui m'effraye, c'est que rien ne l'oblige à ne pas briser ces liens qu'il a formés lui-même ! Oh ! Jeanne, Jeanne, que j'ai peur de l'avenir !

Je ne répondis pas. Elle s'était levée et se promenait à pas lents, dans ce délicieux boudoir qu'ils avaient arrangé amoureusement ensemble ; je me gardai de troubler sa rêverie, elle allait, s'asseyant dans le coin qu'il préférait, effleurant de ses lèvres brûlantes les feuilles de fougères qu'il avait touchées, murmurant comme un écho lointain les airs qu'il aimait le plus à entendre ! Qu'elle était belle ainsi, malgré ses souffrances cachées ! Ses yeux, qui s'étaient un peu creusés, n'avaient rien perdu de leur éclat ; ses joues amaigries donnaient un reflet poétique à sa douce physionomie, et lui prêtaient un charme de plus !... Je me sentais émue, et, malgré moi, je la plaignais de tout mon cœur.

À cet instant la porte s'ouvrit, et son domestique lui présenta sur un plateau d'argent un petit billet sur l'enveloppe duquel je remarquai ce mot Pressé.

– Est-ce qu'on attend la réponse ? demanda-t-elle.

– Non, madame, lui fut-il répondu.

Elle l'ouvrit, et j'entendis comme un coup de marteau sec... c'était un cri de douleur qu'elle retint en me passant ce chiffon de papier, où je lus :

« Chère amie,
« Je reçois à l'instant, une dépêche de dom Pedro, il arrive demain et me charge de vous en prévenir.

« Bien à vous.

« Mathilde. »

– Eh bien, Louise, qu'y a-t-il d'étonnant ? Matt est sa cousine, il lui adresse sa dépêche, sûr que tu seras prévenue tout de suite, c'est bien naturel !

– Ah ! tu trouves ?... Je suis fatiguée, Jeanne, bonsoir mon amie ; va, laisse-moi me reposer... n'est-ce pas, quand tu le verras, tu lui diras que je ne l'aime plus. Oh ! non, je ne le reverrai jamais. Dors bien, ma Jeanne. Adieu !

Louise me dit ces paroles d'un ton profondément triste, mais si résolu, que je ne trouvai rien à répondre. Je restais immobile et sans forces ; elle vit mon embarras, se mit à sourire avec amertume et me répéta froidement ce mot : adieu. Puis ce fut tout, son regard plongeait dans le mien, elle comprenait que je voulais rester, ce qui la contrariait visiblement.

– Je vais sonner, dit-elle, à demain.

Ce mot me décida, je me levai, et, l'ayant embrassée, je sortis.

C'était une tiède soirée de juin, il n'était pas tard, je voulus rentrer à pied, marchant doucement, absorbée par la pensée de Louise.

Pourquoi suis-je partie, avant que son mari ne fût là ? pensai-je, j'aurais peut-être réussi à la calmer ? Que va-t-il se passer quand il rentrera ? Si je retournais ? Mais non, c'est ridicule. D'ailleurs on ne me laisserait plus entrer ; elle va s'endormir, et peut-être demain… Elle m'a dit : à demain, sa vie prendra-t-elle une nouvelle face ? Qui sait ?

J'étais enfin arrivée chez moi, après mille hésitations ; je n'avais même pas dégrafé mon manteau, et je m'étais assise presque inconsciente, lorsque j'entendis des pas précipités. Un coup violent retentit à ma porte, contre toute habitude à cette heure avancée.

– Qui est là ? qu'y a-t-il ? demandai-je vivement.

– Mme la baronne de X… fait demander Madame immédiatement !

Ressaisir mes gants, ouvrir ma porte et descendre ne furent que l'affaire d'un instant, mon cœur se heurtait si fort à ma poitrine, qu'on en eût facilement compté les battements. En quelques minutes, je fus chez Louise ; je me trouvai à la porte en même temps que Jules.

– Qu'a-t-elle ? lui criai-je.

– Qui, elle ? quoi ? que voulez-vous dire ?

Je vis qu'il ne se doutait de rien, il rentrait simplement du théâtre.

– Louise est malade, je pense, elle vient de me faire demander, et j'accours !

– Quelle admirable amie vous êtes !

Je n'en écoutai pas davantage. Le saisissant par la main je l'entraînai vers l'appartement de Louise, à la porte duquel se tenait sa femme de chambre. Cette femme me dit avoir défense d'entrer chez sa maîtresse avant mon arrivée.

Je ne sais si je l'ouvris ou la brisai, cette porte, dans mon trouble ; mais dès que j'eus fait un pas dans la chambre, une odeur violente, qui ne me trompa point, vint me saisir au front.

– De l'air ! criai-je.

Jules courut à la fenêtre, et moi, je bondis vers Louise et, saisissant ses mains crispées, j'en arrachai, pour le dissimuler sur moi, un flacon de chloroforme qu'elle avait eu le triste courage de respirer jusqu'à ce qu'elle eût cessé de vivre.

– Morte ! m'écriai-je en tombant à genoux.

Jules poussa un cri de véritable désespoir.

– Êtes-vous sûre ? me dit-il tout bas en me désignant le corps de sa femme.

Un imperceptible soubresaut venait d'agiter la couverture… sans doute la dernière convulsion de ce pauvre petit être, auquel elle n'avait pas voulu donner le jour… puis, plus rien ne bougea !

– Oui, répondis-je à mi-voix, oui, j'en suis sûre !

Il prit sa main déjà glacée et l'inonda de larmes !…

Jules ignore tout ; jamais il ne soupçonnera la cause de ce dénouement terrible.

Quant à dom Pedro, je négligeai, cela va sans dire, la commission suprême dont Louise m'avait chargée pour lui. À quoi bon ? d'ailleurs, huit jours après il était à l'Opéra avec Matt !…

Moi, je me souviens… et je prie.